AF369547

UN VOYAGEUR ANGLAIS EN FRANCE

AU DIX-HUITIÈME SIÈCLE

OLIVIER GOLDSMITH

PAR M. HENRI DUMÉRIL[1].

PREMIÈRE PARTIE.

Un érudit, connu depuis longtemps déjà par ses travaux
sur l'ancienne France, M. Albert Babeau, a, dans un livre
publié en 1885[2], résumé les récits des principaux voyageurs
qui ont parcouru notre pays depuis la Renaissance jusqu'à
la Révolution. Il est inutile d'insister sur l'intérêt que pré-
sente nécessairement un pareil ouvrage. Les relations écrites
par des étrangers surtout méritent une étude particulière.
« Leurs impressions, dit très justement l'auteur, sont d'ordi-
naire plus vives et plus originales que celles des habitants
du pays lui-même. Ils ont des termes de comparaison qui
manquent à ces derniers. Les différences, en effet, frappent
plus que les similitudes. On ne décrit pas ce qu'on voit
tous les jours; on ne juge pas à propos de mettre en relief
des mœurs, des usages, des aspects que l'on connaît depuis
l'enfance[1]... » Ajoutons que si l'impartialité leur manque
souvent, ce n'est pas une raison pour ne pas se servir de
leur témoignage; ils viennent contrebalancer ce que peuvent

1. Extrait des *Mémoires de l'Académie des sciences, inscriptions
et belles-lettres de la ville de Toulouse*, tome IX, année 1887.
2. *Les voyageurs en France depuis la Renaissance jusqu'à la
Révolution*, Paris, Didot.

avoir d'exagéré en sens inverse les témoignages des nationaux. D'ailleurs, si le défaut le plus commun parmi les voyageurs étrangers est de blâmer et de tourner en ridicule tout ce qu'ils trouvent de nouveau, d'autres, au contraire, charmés de cette nouveauté, se font volontiers panégyristes.

Le livre de M. Babeau, on le comprend, n'est qu'une esquisse. Il eût fallu plusieurs gros volumes, et non un modeste in-12, pour analyser avec quelque détail, les nombreux ouvrages qu'il passe en revue. Il m'a paru intéressant de traiter à nouveau en les développant quelques-uns des sujets que son plan ne lui permettait guère que d'effleurer. Les voyageurs anglais ont, tout naturellement, appelé mon attention particulière, et parmi eux Goldsmith ; je veux donc aujourd'hui interroger Goldsmith, voyageur en France, apprendre de lui ce qu'il savait de nos ancêtres, non seulement pour avoir lu les livres de nos grands littérateurs, que toute l'Europe lisait alors dès leur apparition, mais pour avoir vécu avec le peuple de France, reçu son hospitalité cordiale, mangé son pain, partagé ses amusements[2].

I.

C'est en 1755 que le futur auteur du *Ministre de Wakefield*, âgé de vingt-sept ans, quittait l'Université de Leyde, une guinée dans la poche, une chemise sur le dos et sa flûte à la main pour tout avoir, déterminé à s'instruire en courant l'Europe. Comment vivrait-il? Il n'en savait rien. Jusqu'au dernier jour, il compta beaucoup sur la Provi-

1. P. 3 et 4.
2. Sur Goldsmith en France, voir Babeau, *ouv. cit.*, 203-205. C'est à peine s'il est nommé dans l'étude de M. Ph. Chasles, intitulée : *Les voyageurs anglais dans les salons de Paris au dix-huitième siècle.* (*Études sur la litt. et les mœurs de l'Angleterre au dix-neuvième siècle*, p. 33 et suiv.). Goldsmith, en effet, ne fréquenta guère les salons de la capitale.

dence. Les détails précis sur cette période de sa vie manquent malheureusement, mais elle a laissé une trace distincte dans un grand nombre de ses ouvrages : volontiers aussi, il racontait dans la suite à ses intimes amis quelle vie il avait menée au temps de ses courses vagabondes, dormant dans les couvents ou les granges, payant de quelques airs de flûte son écot à la table des paysans. Mais cette confession, il n'osait la faire publiquement ; les éditeurs d'alors eussent rougi de laisser savoir à leurs clients que le docteur Goldsmith, leur auteur favori, avait vécu de la charité publique sur le sol étranger. Sa correspondance est loin de nous être parvenue entière. Elle eût assurément présenté beaucoup d'intérêt. La fortune du jeune Irlandais ne fut pas uniformément mauvaise ; il paraît qu'il avait rencontré en chemin un jeune Anglais assez riche dont il fut pendant quelque temps le précepteur. Grâce à cette rencontre ou à d'autres circonstances mal éclaircies, ses ressources en furent quelque temps accrues ; à Paris, si nous l'en croyons, il put suivre les cours de chimie de Rouelle et applaudir Mlle Clairon. Il laissait d'ailleurs, de son propre aveu, de menues dettes un peu partout ; la misère est mauvaise conseillère, et malgré son honnêteté native, le pauvre Goldsmith fut toute sa vie un bohême ; comme les gouvernements de l'Europe moderne, il n'avait jamais assez d'éloges, en théorie, pour l'économie ; en pratique, il ne savait que gaspiller l'argent aussitôt qu'il l'avait gagné, même avant de l'avoir gagné. Plus tard, en 1770, il revint en France et se rendit à Paris par Calais et Lille, voyageant en touriste, avec des compatriotes. Il trouva tout changé, et changé à son désavantage ; mais c'était lui-même qui avait changé ; il n'avait plus la joyeuse insouciance et l'élasticité de ses vingt-sept ans. Quelque temps après, comme on lui demandait s'il conseillait les voyages, il répondit : « Oui, aux riches s'ils ne sentent pas (s'ils n'ont pas d'odorat) ; aux pauvres s'ils ne sentent pas (s'ils manquent de sensibilité[1]) ».

1. Being asked if he would recommend travel, he said yes, he would by all means recommend it, to the rich if they were without

*

Goldsmith pouvait donc parler de la France pour l'avoir vue sous des aspects bien divers; il en pouvait parler de plus en plus avec impartialité, car nul plus que lui n'a été exempt de cette morgue exclusive que bien des Anglais prennent pour du patriotisme et qui leur fait envelopper dans un même dédain tout ce qui n'est pas britannique. Il est peu de mots dont on ait autant abusé, dont on abuse autant tous les jours sur toute la surface du globe que celui de patriotisme! Combien de préjugés déraisonnables, de vanités ridicules, de théories immorales et même d'actes odieux n'a-t-on pas vu se couvrir de ce nom! Bien compris, le patriotisme est la source des plus hautes vertus; mal entendu, il peut donner naissance à une foule de travers et servir de prétexte à des crimes. Il importe donc de nous en faire une idée exacte, de le dégager de tous les alliages impurs que nous rencontrons trop souvent confondus avec lui. Un mot d'explication ne me paraît pas ici superflu ; la digression n'est qu'apparente ; la question du vrai patriotisme est, en effet, une de celles sur lesquelles Goldsmith revient avec le plus d'insistance.

L'amour de la patrie occupe une place intermédiaire entre l'amour de la famille et celui de l'humanité. On pourrait figurer les sentiments de même nature qui se partagent le cœur de l'homme par une série de cercles concentriques ; le plus petit représenterait l'amour de soi, l'amour-propre dans le sens donné autrefois à ce mot; viendraient ensuite l'amour de la famille, puis le patriotisme, enfin l'amour de l'humanité. Toutes ces affections, dont le cercle va toujours s'élargissant, sont légitimes; les plus larges sont les plus nobles, mais toutes ont besoin d'être réglées. En étudiant les deux cercles voisins du patriotisme, nous nous ferons une idée assez exacte de ce que devrait être celui-ci. Chacun loue celui qui se dévoue au bonheur des siens, qui défend leurs droits, leurs intérêts matériels ou moraux, qui prend

the sense of smelling, and to the poor if they were without the sense of feeling.

soin de leur réputation; nous admirons celui qui par des dé-
couvertes scientifiques, par des œuvres d'une moralité élevée,
par la pratique constante de l'abnégation et de la bienfai-
sance rend service à la grande famille humaine tout entière.
Mais que dirions-nous de l'homme qui chercherait à élever
la fortune de ses parents sur la ruine de ceux qui lui tou-
chent de moins près, qui, non content de vanter les uns,
chercherait à ravaler les autres en les calomniant, qui irait
sans cesse les attaquer sans provocation? Et le philanthrope
lui-même serait-il excusable de violer le droit de quelques-
uns ou bien d'un seul, parce que ce droit fait d'après lui
obstacle au bonheur d'un grand nombre? La patrie elle
aussi est une famille, plus grande que la famille naturelle
dont l'histoire des sociétés primitives nous montre qu'elle
est issue, plus petite que l'humanité. Ce n'est pas exclusive-
ment la communauté des origines, ou celle du langage, ou
celle du territoire habité, ce n'est pas non plus l'unité politique qui constitue nécessairement la patrie; il entre dans
cette idée complexe un peu de tout cela à la fois; elle se sent
mieux qu'elle ne se définit: elle ne saurait pourtant être
méconnue. Il n'y aura qu'une voix pour louer l'homme
secourable à ses compatriotes, fier de leurs talents, de leurs
travaux, de leurs vertus, prêt à défendre son pays de toutes
ses forces contre qui voudrait l'asservir, à donner son temps,
ses conseils, son bien, sa vie pour sa prospérité. Mais nul
ne peut, nul ne doit sous couleur de patriotisme, agir
envers la patrie d'autrui comme il ne souffrirait pas qu'on
agît envers la sienne: les droits de l'individu même doivent toujours rester sacrés, parce que, suivant une formule
familière aux philosophes, il n'y a pas de droit contre le
droit, parce que la morale est une. Vérités souvent mécon-
nues dans l'application! Trop d'hommes cherchent dans
l'exaltation de la grandeur vraie ou fausse de leur patrie
la satisfaction d'une vanité que leur médiocrité personnelle
ne leur donne pas les moyens de satisfaire autrement; quelques-uns, amoureux d'une rhétorique facile, y trouvent
l'occasion de phrases vides et d'autant plus sonores; d'autres

simulent l'enthousiasme, font un bruyant étalage de sentiments qu'ils n'ont pas, parviennent ainsi à la popularité, à l'influence, à la fortune; d'autres enfin, les plus nombreux, séduits par un mot, ne songent guère à se demander quel en est le sens exact. De là bien des sottises, parfois des hontes. Tel qui n'oserait se vanter ouvertement lui et sa famille fait par les louanges hyperboliques qu'il prodigue à son pays, la risée des auditeurs ou des lecteurs étrangers; simple ridicule ; — tel autre viole la foi jurée ou commet un assassinat avec guet-apens; il se considère ou on le considère à l'égal d'un soldat qui s'est bravement exposé en un combat loyal; ici commence la honte. Ce qu'on décore du nom de patriotisme diffère souvent autant du patriotisme vrai que la témérité irréfléchie du sang-froid de l'homme courageux ou que la pruderie de la simple vertu. Le faux patriotisme peut être la cause d'étranges aberrations: que de fois n'a-t-on pas entendu au sein des plus hautes assemblées délibérantes interrompre bruyamment l'orateur qui voulait empêcher une faute ou dénonçait une imprudence? on l'accusait de manquer de patriotisme. Comme si le patriotisme consistait à ne jamais réfléchir à la valeur morale et à l'utilité pratique de ses actes! Un homme d'esprit a dit : « Celui qui n'aime pas sa patrie absolument, aveuglément, bêtement, ne sera jamais que la moitié d'un homme. » Un homme d'esprit peut dire une sottise ; nous en avons la preuve. L'idée de patriotisme serait d'après lui semblable au dévouement du chien pour son maître ; le pauvre animal l'aide également, avec le même entrain et la même conviction, à se défendre contre des voleurs ou à détrousser un passant inoffensif. Du moins obéit-il à une intelligence supérieure à la sienne. Qu'arriverait-il si les pasteurs même des peuples aimaient leur patrie comme le voudrait l'écrivain que je cite? La bêtise n'est jamais la condition *sine quâ non* d'une vertu. Le patriotisme bête peut être celui que l'on célèbre dans les cafés-concerts, où le consommateur goûte la chanson guerrière presque autant que le refrain grivois et jure volontiers haine à l'Allemand entre deux bocks de bière de Munich; mais est-ce ainsi que les Vauban et les Washington ont aimé et servi leur patrie[1] ?

Goldsmith a vécu à une époque remplie, comme bien d'autres, du bruit des luttes de la France et de l'Angleterre; c'est à ces deux puissances qu'il pense tout d'abord toutes les fois qu'il traite un sujet de moralité ou de politique international; il donne en divers endroits de sévères et impartiales leçons aux deux nations rivales.

« Dire du bien des Français, dit-il quelque part, cela ne vaut guère mieux dans certaines compagnies que de s'avouer

[1]. Encore quelques mots sur un sujet qui m'a entraîné plus loin que je ne l'aurais voulu. Les vertus de même ordre ne peuvent être en opposition complète : un bon fils honorera la piété filiale; deux personnes charitables concevront facilement l'une pour l'autre une mutuelle sympathie; les vrais patriotes, bien qu'appartenant à des nations étrangères, s'estimeront et se respecteront mutuellement; leur rivalité sera de l'émulation; même si la guerre éclate entre leurs pays, l'humanité et la courtoisie dirigeront encore leur action. Tout autre est le chauvinisme, hâbleur, insolent, haineux pendant la paix; toujours violent, quelquefois perfide, pendant la guerre. Evitons-le à tout prix ; c'est en réalité le pire ennemi du patriotisme. De même que l'hypocrisie amène après elle la licence éhontée, ainsi par une réaction toute naturelle, l'exagération du chauvinisme chez les uns engendre chez les autres un cosmopolitisme indifférent à tout, un scepticisme complet à l'endroit de la patrie et des devoirs imposés à ses enfants. Je n'ai jamais compris, pour ma part, qu'on fît du patriotisme quelque chose de spécial, échappant aux règles vulgaires de l'honnêteté et du bon goût. Pour en apprécier la qualité, il faut le rapprocher de quelque sentiment analogue. Donnons un autre exemple : On est porté à l'indulgence pour un homme de condition inférieure, s'il montre une susceptibilité un peu ombrageuse à l'égard de ceux qui ont sur lui l'avantage de la richesse ou de la position; cette susceptibilité n'est pas sans dignité; au contraire, nous regardons à bon droit comme des drôles insolents le parvenu enrichi et le haut fonctionnaire gonflé de son rang, qui se prévalent à tout instant de leur fortune ou de leurs prérogatives. De même le montagnard, naïvement fier de son pauvre pays natal, est assurément plus excusable que le badaud de Paris, ou le *cockney* de Londres, sottement vains de leur ville « capitale du monde civilisé ». Pourquoi ne pas appliquer la même règle aux nations? Le Suisse et le Belge, enfants d'une petite patrie, auront plus de droit dans les relations internationales à être pointilleux et susceptibles, que les membres d'une des cinq ou six grandes nations de l'Europe; ce qui peut n'être chez les uns que l'exagération d'un louable amour de l'indépendance, n'est chez les autres qu'étalage de leur force.

leur espion ; je dois donc rester muet, tandis que les igno-
rants parlent de gens qu'ils ne connaissent pas et pronon-
cent leur condamnation en bloc sans savoir pourquoi... » Un
peu plus loin, il fait le portrait du chauvin anglais : « Jack
Reptile est un gallophobe avoué ; il s'enivre de vin français
trois fois par semaine. Pour montrer au monde combien il
déteste Monsieur *Soupe-Maigre*, il assure à qui veut l'en-
tendre qu'une fois, dans sa jeunesse, il s'est battu à coups
de poings avec trois Français ; quand l'un était par terre,
l'autre le remplaçait, et il les a tous défaits. Il se demande
comment ces coquins de Français peuvent vivre sans man-
ger autre chose, tout le long de l'année, que de la salade
et des grenouilles. Jack abhorre tout ce qui est français —
sauf le vin — et on sait qu'il s'est querellé avec quelques
compatriotes qui portaient une perruque à la française. Sa
violence contre nos ennemis l'a aigri même contre ses amis,
et il ne semble trouver jouissance que dans l'invective. Si
on parle devant lui de la guerre actuelle et de ses causes,
c'est sur les Français qu'il fait retomber tout le blâme[1] ; il
ne reconnaît chez les colons anglais, ni avidité, ni injustice.
Parle-t-on de paix ? il se prononce pour la guerre ouverte ;
il ne trouve de traité honorable que celui qui nous donnera
non-seulement tout ce que nous avons conquis, mais encore
tout ce que l'ennemi peut prendre ou à peu près. Pendant
que nos soldats sont vainqueurs dans des régions lointaines,
Jack jouit paisiblement chez lui des avantages de leurs vic-
toires, et, ignorant les dangers qu'ils courent, paraît se sou-
cier fort peu de leurs souffrances. La guerre ne lui cause
aucune incommodité ; c'est en toute sécurité qu'il s'imbibe ;
les fléaux et les malheurs de l'humanité ne troublent pas sa
sécurité et ne diminuent pas sa ration de vin ; les misères
de son prochain, ainsi que des tableaux de bataille, lui cau-
sent plus de plaisir que de peine. Dix mille hommes hors
de combat en une seule affaire, n'est-ce pas la matière
d'un intéressant article dans la *Gazette ?* Une bordée fait

[1] Cela était écrit en 1760.

couler bas des centaines de marins, voilà un sujet de conversation pour un jour; son café n'en aura que meilleur goût. [1] »

La même année, dans un autre essai, il parle, avec le même esprit, des préjugés de nationalité; il nous dépeint l'Anglais vantant à tout propos la bravoure anglaise, la générosité anglaise, la clémence anglaise, etc., et représentant les Français comme des sycophantes; les Hollandais, comme d'avides misérables; les Allemands, comme des imbéciles ivres, d'une gloutonnerie bestiale; les Espagnols, comme des tyrans hautains et maussades; « un juge impartial pourtant, dit-il, ne se ferait pas scrupule d'affirmer que les Hollandais sont plus patients et plus laborieux, les Français plus sobres et polis, les Allemands plus hardis, plus durs au travail et à la fatigue, les Espagnols plus posés et plus calmes que les Anglais; ceux-ci sont sans doute généreux et braves, mais en même temps téméraires, entêtés, violents; trop prompts à s'enfler dans la prospérité, à perdre courage dans l'adversité. » La fin de cet essai ne manque pas d'éloquence. « Vous trouverez toujours que ceux-là, surtout, sont enclins à vanter les mérites de leur nation, qui n'ont que peu et point de mérite personnel; rien n'est plus naturel; si la vigne flexible s'enlace autour du robuste chêne, c'est qu'elle n'a pas assez de force pour se soutenir elle-même. Alléguera-t-on pour la défense des préjugés nationaux qu'ils résultent naturellement et nécessairement du patriotisme? Je le nie formellement. La superstition et le fanatisme, eux aussi, naissent de sentiments religieux; qui a jamais soutenu qu'ils en fussent le produit nécessaire?... N'est-il pas possible que j'aime mon pays sans haïr les habitants d'autres régions? que je déploie la bravoure la plus héroïque, la plus indomptable résolution pour la défense de

1. *Goldsmith's Works*, Lond., G. Bell and sons, 1884-1886, iv, 468 et suiv. C'est à cette édition que je renverrai dans le cours de cette étude. Dans un morceau fort connu, Goldsmith fait dire à un soldat anglais invalide qu'il déteste les Français « parce que ce sont tous des esclaves et qu'ils portent des sabots ». III, 432, note 2.

ses lois et de ses libertés, sans mépriser le reste des humains, comme un ramassis de lâches et de poltrons? Certainement, c'est possible; et si ce ne l'était pas? — Mais pourquoi supposer ce qui ne peut être? — Si ce ne l'était pas, je le déclare, je préférerais le titre du philosophe ancien, celui de citoyen du monde, à celui d'Anglais, de Français, d'Européen, ou à toute autre dénomination que ce fût[1] ». C'était au milieu de la guerre de Sept Ans, quand l'écrasement de la France était à l'ordre du jour, que Goldsmith écrivait cette courageuse déclaration. Toujours prêt à reconnaître et à louer la valeur militaire, il détestait la guerre, et quand, en 1759, il avait fondé son journal l'*Abeille,* destiné à une courte existence, il déclarait que ni la guerre ni la médisance n'y trouveraient place; il serait trop heureux si ses efforts pouvaient pour un moment faire diversion au plaisir sauvage que les hommes trouvent au récit des misères humaines[2]! Ailleurs, dans le *Citoyen du Monde*, lettre LXXVIII, Goldsmith fait une caricature des Français, où il leur fait dire mille choses ridicules, raille leurs prétentions à l'esprit, la coquetterie de leurs femmes, qui, à soixante ans, pensent encore faire des conquêtes, leur habitude d'adresser imperturbablement la parole à des étrangers qui ne comprennent pas leur langue; il se fait l'écho du bruit populaire d'après lequel le Français se nourrit surtout de grenouilles et sait en préparer quatorze plats différents, etc. Les hommes, en France, tricotent les bas, tandis que les femmes cultivent la terre et émondent la vigne, ce qui leur donne d'ailleurs le privilège de monter à cheval à la manière des hommes... Après toutes ces fariboles, il ajoute : « Vous trouverez sans doute ma description assez sotte et impertinente. Peut-être bien. Cependant, en général, telle est la manière dont les Français décrivent les étrangers : il n'est que juste de rejeter sur eux une part de ce ridicule dont ils sont prodigues envers les autres[3] ».

1. I, 320 et suiv.
2. II, 306.
3. III, 294.

Voilà donc les chauvins des deux nations renvoyés dos à dos.

Notre auteur n'a pas non plus le faible, assez répandu, de trouver bien tout ce qui vient de l'étranger, en dénigrant constamment les produits matériels ou intellectuels du pays auquel on appartient. Chose étrange, ce travers n'est point inconciliable avec le chauvinisme; jamais l'anglomanie n'a été plus grande en France que dans la première moitié de ce siècle; jamais *la science allemande* n'a été plus à la mode chez nous que depuis 1870. Goldsmith garde pour ses compatriotes une préférence trop naturelle pour n'être pas excusable; mais cette préférence ne lui fait jamais oublier les règles de la morale et du goût. Peut-on demander à un fils, faisant le portrait de sa mère, qu'il ne le flatte pas un peu? Qu'il n'enlaidisse pas les autres femmes de parti-pris : c'est ce qu'on est en droit d'exiger.

II.

Quelle idée générale nous donne Goldsmith de la nation française au dix-huitième siècle? Il a résumé ses impressions dans son poème du *Voyageur*, où il passe en revue les peuples de l'Occident qu'il a visités dans sa jeunesse : voici le passage relatif à la France : « C'est vers des climats plus doux, où règnent des mœurs moins rudes, que je dirige maintenant mes regards : la France déroule sous mes yeux son brillant domaine. Riant et gai pays de la joie et de la vie sans contrainte, satisfait de toi-même, que le monde entier peut satisfaire, que de fois j'ai conduit tes chœurs folâtres au son discordant de mes pipeaux, près de la Loire murmurante, sous l'ombre des ormes de la rive, tandis que le zéphir soufflait rafraîchi par les eaux : peut-être mon jeu, gauche et toujours incertain, sans respect pour l'harmonie, mettait-il au défi l'habileté des danseurs; pourtant le village louait mon merveilleux talent et dansait, oubliant l'heure de midi. Tous les âges montraient la même ardeur. Les antiques matrones conduisaient leurs enfants dans le joyeux tourbillon, et l'aïeul jovial, habile dans l'art de la danse, se trémoussait malgré le poids de ses soixante ans. Telle est l'heureuse vie que mènent les habitants de ce royaume insouciant; dans cette activité oisive s'écoule leur existence. A eux tout ce qui rend l'homme cher à l'homme ; c'est l'honneur qui forme ici le caractère de la nation ; l'honneur — cette louange qu'obtient la valeur vraie et qu'on décerne aussi au mérite imaginaire — est ici la monnaie courante : il passe de main en main et circule par tout le pays en un brillant trafic. Des cours il descend jusque dans les camps et les chaumières : tous apprennent à être avides d'éloges ; ils charment, sont charmés; ils louent pour être loués, jusqu'à ce que leur félicité apparente devienne une réalité. — Mais en contribuant à leur bonheur, cet art délicat de plaire favorise aussi leurs travers. L'amour excessif, la recherche trop ardente de l'éloge, ôtent à l'esprit toute force intérieure: l'âme affaiblie ne trouve plus le bonheur en elle-même ; la source de tout son plaisir est pour elle dans le cœur d'autrui. Aussi l'ostentation couverte d'oripeaux soupire-t-elle après les louanges vulgaires que distribuent les sots; la vanité étale son impertinente grimace et garnit ses grossiers vêtements de galons de clinquant. L'orgueilleux indigent endure des privations quotidiennes pour se vanter une fois l'an de faire un banquet splendide. Chacun se tourne sans cesse du côté où le pousse la mode toujours changeante, sans apprécier la solide valeur d'une conscience satisfaite d'elle-même. »

Dans le *Ministre de Wakefield*, George Primrose, qu'il est souvent permis d'identifier avec Goldsmith lui-même, dit : « Je passais au milieu des paysans inoffensifs de la Flandre et des Français assez heureux pour être gais, car je leur ai toujours trouvé d'autant plus d'entrain qu'ils étaient plus indigents. Chaque fois que j'approchai d'une maison de paysan vers la chute du jour, je jouais un de mes airs les plus joyeux, et cela me procurait non seulement un logement, mais la nourriture du lendemain... » Ainsi gaieté et cordialité d'une part, amour excessif de paraître et légèreté de l'autre, voilà les qualités et les défauts dominants d'après Goldsmith chez les Français qu'il avait vus, je parle des Français des classes inférieures ; il dit ailleurs, en effet : « La bonne société de tous les pays semble n'avoir qu'un seul et même caractère ; c'est chez le vulgaire surtout que nous voyons les caractères distinctifs d'un peuple[1]. » Les portraits aussi généraux que celui que nous avons cité sont forcément un peu superficiels ; mais l'esquisse était certainement ressemblante. Au dix-huitième siècle, la gaieté française frappait tous les étrangers : « Heureux peuple, s'écrie Sterne, qui une fois par semaine, du moins, est sûr de déposer tous les soucis ensemble, et de danser et de chanter, et de secouer gaiement le fardeau de peines qui courbe jusqu'à terre le courage des autres nations[2] ! » Goldsmith remarque que c'était dans les pays où ils étaient les plus misérables que les Français étaient les plus gais : il est en cela complètement d'accord avec M. de Tocqueville : celui-ci, dans un chapitre où il démontre que la seconde moitié du dix-huitième siècle a été l'époque la plus prospère de l'ancienne monarchie et que cette prospérité même hâta la révolution[3], note justement que le long de la Loire, dans les marécages du Poitou, dans les landes de Bretagne, où l'ancien régime s'était le mieux conservé, on résista plus violemment et plus longtemps à la Révolution, « de telle sorte, ajoute-t-il, qu'on dirait que les Français ont trouvé leur position d'autant plus insupportable qu'elle devenait meilleure »; et plus loin le même historien explique cette apparente anomalie : « Le mal qu'on souffrait patiemment comme inévitable semble insupportable dès qu'on conçoit l'idée de s'y soustraire. » Il serait donc téméraire de tirer de la vieille gaieté française un argument en faveur de l'ancien régime. C'est sous les Tudors qu'il était le plus question de la joyeuse Angleterre, *merry England*. Goldsmith a une théorie pour expliquer le fait qu'il signale ; cette théorie constitue la morale de son poème *du Voyageur* ;

1. II, 329.
2. Voyez A. Babeau, ouvrage cité, 206 *et passim*.
3. *L'ancien régime et la Révolution*, livre III, ch. IV.

la somme des biens et des maux est partout à peu près la même ; ainsi la richesse et la liberté diminuent la gaieté ; là où le commerce prospère, l'honneur est en baisse[1], etc.... Ce système, dont on retrouve souvent les traces dans l'œuvre de notre auteur, appelle quelques observations ; car il a dû nécessairement influer sur ses jugements. Pour quelques-uns, cette théorie de l'équilibre des biens et des maux sera consolante ; elle adoucira peut-être le sort de ceux qui, malheureux, trouvent dans le malheur d'autrui une compensation à leurs propres souffrances, sentiment mauvais sans doute, mais naturel à l'homme. A d'autres, elle semblera décourageante : à quoi bon peiner afin d'obtenir pour soi ou pour les siens une situation meilleure, afin d'augmenter la prospérité de la patrie, puisque des maux nouveaux viendront fatalement remplacer les anciens? Epargnons-nous-en au moins l'effort. Mais laissons de côté pour un moment les conséquences de la maxime de Goldsmith. Examinons-la en elle-même. Est-elle vraie ou fausse? En affirmer l'exactitude absolue serait sans doute fort hasardé. Il n'existe pas de balance pour peser le bonheur et l'infortune. Mais elle renferme certainement une grande part de vérité. Les biens et les maux sont relatifs ; un avantage dont on a toujours joui n'en est plus un à nos yeux : la rareté est le principal élément du prix que nous attachons aux choses. A l'inverse, l'habitude atténue les maux les plus insupportables en apparence et nous les fait tolérer. L'hypothèse, assez en vogue aujourd'hui, d'une félicité parfaite ou tout au moins de beaucoup supérieure à celle que nous avons pu connaître, réservée à l'homme sur cette terre, est contredite par les faits. C'est dans les civilisations les plus avancées que le pessimisme se développe surtout, de même que l'hypochondrie est la maladie de ceux qui vivent au sein du luxe comme de ceux qui pensent beaucoup. Le bonheur ne naîtra pas du progrès. C'est uniquement dans l'inscrutable *au-delà* que nous pouvons l'espérer. Est-ce à dire que nous ne devions pas

1. Vers 91-92.

rechercher le progrès? La conclusion serait téméraire. Le travail et l'effort paraissent être la loi de l'humanité, loi à laquelle il faut nous conformer pour arriver à ce repos souhaité que nous ne pouvons même nous figurer, bien que nous l'appelions de nos vœux. Le malheur nous est si naturel que si les tourments de l'enfer ont été cent fois dépeints avec trop de succès, les joies du ciel n'ont pu être retracées par les plus grands poètes. Ajoutons que le sentiment que nous avons de la dignité humaine augmente à chaque conquête de notre intelligence : ce sentiment existe, tout indéfinissable qu'il est ; et qui n'aimerait mieux être un Pascal, hanté sans cesse par une vision terrible, qu'un lazzarone fainéant. dont le seul souci est de se procurer les quelques centimes suffisants pour sa nourriture quotidienne? D'ailleurs si l'activité n'est pas le bonheur, elle est une distraction plus efficace dans bien des cas que les récréations stériles auxquelles tant d'hommes ont recours. « La vie serait supportable sans ses plaisirs, » disait un homme d'État anglais qui fut aussi un écrivain distingué. Sous cette forme paradoxale, sir George Cornewall Lewis entendait dire évidemment que le travail est la meilleure des distractions, que tout ce qui l'en détournait l'ennuyait profondément. En résumé le bonheur humain, bonheur tout relatif, n'a guère que deux formes : la distraction et la résignation ; on se procure l'une par le travail plus sûrement que de toute autre manière; l'autre naît surtout de l'espérance.

Goldsmith invoque à l'appui de sa théorie l'exemple des diverses nations du monde, notamment de l'Europe; chacune vante sa supériorité sur les autres. Est-ce à dire qu'il les mette toutes sur le même rang? Non, le sentiment de la dignité humaine s'y oppose; la liberté, que menacent également la populace et la tyrannie[1], reçoit ses hommages sincères. Quant au bonheur, il ne dépend pas des circonstances extérieures; il réside en nous-mêmes. Les vers du *Voyageur* sont trop connus pour qu'il soit besoin de nouvelles citations.

1. Vers 365-366.

Entrons maintenant dans les détails, et passons en revue les jugements portés par notre auteur sur les divers points qui ont particulièrement appelé son attention.

Sur le caractère des Français, sur leurs habitudes sociales, nous pouvons recueillir dans ses œuvres, çà et là, un peu partout, mille petits traits confirmant d'habitude l'idée générale que le *Voyageur* nous en a données. C'est ainsi que, dans la préface d'un *Dictionnaire poétique*, il recommande au poète de peindre les Français légers, gais, superficiels, mais aimant les lettres, affables et humains[1]; ailleurs, parlant des coches d'eau, usités en Hollande, il ajoute : « Vous y trouvez des gens de toutes nations : les Hollandais sommeillent, les Français bavardent, les Anglais jouent aux cartes[2]. » Je me bornerai à quelques extraits offrant un intérêt particulier. La lettre qu'il adresse à sir Joshua Reynolds, vers la fin de juillet 1770, lors de son second voyage en France, ne manque pas d'une certaine saveur : « Nous fûmes bien aises, dit-il, de quitter Douvres, parce que nous n'aimons pas à être trompés, aussi étions-nous très gais en arrivant à Calais, où, nous avait-on dit, on pouvait faire beaucoup avec peu d'argent. Quand on débarqua deux petites malles, composant tout notre bagage, nous fûmes surpris de voir quatorze ou quinze gaillards se précipiter vers le navire pour s'en emparer; quatre se mirent sous chaque malle, les autres les entouraient tenant les ferrures; de cette manière notre petit bagage fut conduit à la douane avec une pompe funéraire. Nous fûmes assez satisfaits de l'empressement mis par ces braves gens jusqu'au moment où il fallut les payer. Tous ceux qui avaient eu le bonheur de toucher nos malles du bout du doigt s'attendaient à recevoir une pièce de douze sous : et ils avaient une manière si avenante et civile de la demander qu'il n'y avait pas moyen de répondre par un refus. Quand nous en eûmes fini avec les portefaix, nous eûmes à parler aux douaniers, gens fort civils aussi.

1. Vers 62.
2. I, 428.

On nous adressa à l'hôtel d'Angleterre, où un valet de place vint nous offrir ses services et me parla dix minutes avant que je pusse découvrir qu'il parlait anglais. Nous n'avions pas besoin de lui ; nous lui donnâmes donc quelque argent, d'abord parce qu'il parlait anglais, ensuite parce qu'il en avait besoin [1]. »

Arrivé à Paris, il écrit au même sir Joshua, lui faisant maintes doléances.

Il se plaint des postillons, des aubergistes, surtout de la cuisine, il a failli être empoisonné par un plat de pois verts ; la viande est si dure qu'à table il faut jouer du cure-dents plus encore que du couteau, bien qu'un dîner coûte cinquante sous par tête, etc. Les plaintes ne sont d'ailleurs qu'à moitié sérieuses : « Pour moi, dit-il, je trouve que c'est chose bien différente de voyager à vingt ans ou à quarante. Un de nos principaux amusements ici est de trouver à redire à tout ce que nous voyons, et de louer tout ce que nous avons laissé chez nous [2]. » Tel est, en effet, le véritable amusement des Anglais en voyage, ajoute Washington Irving, dans sa biographie de Goldsmith, après avoir cité ce passage [3]. Le travers auquel notre auteur s'abandonne ici tout en riant — il l'avait maintes fois signalé. Ecoutons-le plaçant dans la bouche d'un Français une critique des Anglais qui en réalité est sienne : « Rien n'est si rare chez les Anglais que cette aisance affable, cette facilité à se lier, cette heureuse disposition qui font en France le charme de toutes les sociétés... Cette gaieté, trait caractéristique de notre nation, est presque de la folie aux yeux des Anglais. Mais leur mélancolie est-elle une marque plus sûre de sagesse ? Folie pour folie, la plus joyeuse n'est-elle pas la meilleure ? Si notre gaieté les attriste, ils ne doivent pas s'étonner que leur sérieux nous fasse rire. Comme cette humeur légère ne leur est pas familière et comme ils trouvent mal tout ce qu'ils n'ont pas chez eux, ils s'en trouvent

1. I, 458.
2. I, 459.
3. *Oliver Goldsmith*, éd. Tauchnitz, 238.

blessés quand ils viennent demeurer parmi nous... Au moins
est-il certain que la gaieté peut accompagner toutes sortes
de vertus, tandis qu'il est des vices avec lesquels elle est
incompatible... » Suit un éloge de la bonne humeur, écrite
par un apologiste assurément convaincu. Il termine ainsi :
« En ce qui concerne la fine raillerie, on doit admettre
qu'elle n'est pas naturelle aux Anglais : aussi, ceux qui s'y
essaient font-ils assez triste figure. Quelques-uns de leurs
auteurs ont franchement confessé que la plaisanterie ne va
pas à leur caractère, mais cet aveu, si on en croit les rai-
sons qu'ils donnent, ne peut leur faire aucun tort. L'évêque
Sprat donne la suivante : « Les Anglais ont trop de courage
« pour souffrir qu'on s'égaye à leurs dépens, trop de vertu
« et d'honneur pour s'égayer aux dépens des autres[1]. »
Goldsmith, qui reconnaît ainsi la supériorité des Français
sur les Anglais en fait d'esprit et de gaieté, proclame ailleurs
la supériorité des Françaises sur les Anglaises, sur le ter-
rain de l'élégance et du goût : « Une femme française, dit-il,
est un parfait architecte en matière de parure; elle n'ira
jamais mêler les ordres, avec une ignorance toute gothique,
ni garnir une lourde taille dorique avec des ornements
corinthiens; ou, pour parler sans métaphores, elle ne se
conforme à une mode générale que lorsque celle-ci ne fait
pas tort à son genre particulier de beauté. Les dames
anglaises, au contraire, semblent en fait de grâce n'avoir
d'autre règle que la mode... Une forme de vêtement
obtient-elle la vogue, chacune l'adopte aussitôt; les prome-
nades publiques se remplissent de femmes revêtues d'un
seul et même uniforme, quels que soient d'ailleurs leurs
traits, leur teint, leur taille. » Ajoutons que Goldsmith dore
de compliments ses sarcasmes contre les dames d'Outre-
Manche; si elles s'attifent sans élégance, elles ont la palme
de la beauté; le ciel a bien fait de ne pas leur donner le
goût; sinon elles feraient perdre complètement la raison à

---

1. *Sentiment d'un Français sur le caractère des Anglais : The
Bee*; II, 435.

leurs admirateurs [1]... Comment en vouloir à un censeur qui assaisonne le blâme d'éloges si galamment tournés? Les femmes françaises sont d'ailleurs futiles; Goldsmith a tout lieu de le croire, et si les perroquets français parlent si bien, c'est, lui a-t-on assuré, que leurs maîtresses passent à les éduquer des journées entières [2].

Tout en louant, comme nous l'avons vu, la politesse des portefaix, des douaniers et des domestiques français, Goldsmith préfère pourtant la courtoisie anglaise, moins démonstrative (beaucoup l'accusent de l'être trop peu). « Le grand art des Anglais, dit le Citoyen du monde, est que, quand ils obligent, ils cherchent à diminuer la valeur du service rendu. Dans d'autres pays, on aime à obliger un étranger, mais on paraît désirer en même temps que celui-ci connaisse l'étendue de la faveur qu'on lui fait. Les Anglais se montrent complaisants avec un air d'indifférence et prodiguent leurs bienfaits en semblant n'en faire point de cas. — Je me promenais, il y a quelques jours, dans les faubourgs de la ville, entre un Anglais et un Français; nous fûmes surpris par une forte averse. Je n'avais rien pour me préserver ; mais mes compagnons portaient tous deux de grands pardessus qui les défendaient contre ce déluge. L'Anglais, me voyant tout saisi, m'interpella ainsi : « Eh ! l'homme, qu'as-tu donc à trembler? Tiens, prends ce pardessus; je n'en ai pas besoin; j'aime autant m'en passer. » Le Français se mit à montrer sa politesse à son tour. « Mon cher ami, s'écriat-il, pourquoi ne voulez-vous pas m'obliger en faisant usage de mon surtout? Vous voyez comme il me défend bien contre la pluie. Je ne serais guère disposé à le céder à un autre, mais pour un ami tel que vous, je me priverais même de ma peau afin de lui rendre service » [3].

Quant aux côtés plus sérieux du caractère français, Goldsmith ne les met guère en relief, il devait peu les connaître ; rien ne peut faire présumer qu'au cours de son

1. II, 324-325.
2. V, 227.
3. III, 23-24.

existence vagabonde sur le continent, il ait jamais été admis
dans les maisons des vieilles familles de la bourgeoisie française où s'élevaient alors les futurs membres de l'Assemblée
constituante ; des Parisiens, il n'a retenu qu'une chose, ou
à peu près, c'est qu'un joueur de flûte ambulant ne reçoit
pas d'eux le même accueil hospitalier que des paysans.

Sur la religion, peu de remarques saillantes. C'est Goldsmith qui fut probablement le traducteur des *Mémoires d'un
protestant*, par Jean Marteilhe de Bergerac ; il publia cette
traduction sous le nom supposé de James Willington,
en 1758. Dans la préface, il parle avec des expressions d'hor-
reur emphatique de la révocation de l'Edit de Nantes, de
la Monarchie absolue, des « fureurs du Papisme[1] ; » au
demeurant, ces sorties sont chez lui extrémement rares, et
nous verrons qu'il met les sermonnaires français bien
au-dessus des prédicateurs anglais[2]. A peine s'il se permet
dans le *Citoyen du monde* (lettre LXXVIII) quelques
remarques railleuses sur la laideur des statues de saints,
vêtues d'oripeaux, qu'on rencontre sur les routes de France[3].
Goldsmith était naturellement religieux : quiconque a lu le
Ministre de Wakefield le sait ; mais il était de son époque, et
il sera beaucoup pardonné au dix-huitième siècle pour avoir
le premier fait entrer les idées de tolérance dans la circula-
tion quotidienne. Il est vrai que si aujourd'hui on est à peu
près d'accord sur le principe, l'application varie étrangement ;
tel qui se proclame tolérant et fervent ami de la liberté des
croyances, agit comme s'il suivait de toutes autres doctrines.

Je compte, dans une étude ultérieure, analyser les opi-
nions de Goldsmith sur la politique, la littérature et les arts
en France au milieu du dix-huitième siècle. Nous y trouve-
rons encore quelques vues ingénieuses, et par dessus tout,
l'amour de la justice.

1. V, 6.
2. I, 270 et suiv.
3. III, 293.

Toulouse, imprimerie Douladoure-Privat, rue Saint Rome, 39 — 3293